La prisonnière de Lhassa

Illustration de couverture
Stan et Vince

Philippe Andrieu

La prisonnière de Lhassa

DINA 3
BAYARD JEUNESSE

© Bayard Jeunesse, 2001
3, rue Bayard, 75008 Paris
ISBN : 2 227 76003 X
Dépôt légal : octobre 2001

Chapitre 1

Sur le vaisseau-cargo abandonné par les pirates, Dina a enfin réussi à décrypter le contenu du petit disque noir trouvé sur la base rebelle. Le message est clair : son père, le capitaine Aldrin Scott, disparu en mission des années auparavant, avait découvert l'existence d'une forme de vie non humaine. Et le gouvernement était au courant... Dina a fait part de cette révélation à ses amis : Jerzy, Billings et le capitaine Grant. Mais Quaz, l'agent du gouvernement, a décidé que la vérité devait rester secrète et il a fait procéder à l'effacement de leurs mémoires...

– Je ne la croyais pas aussi belle ! s'exclama Jerzy Allen.

Debout devant l'écran mural du poste de contrôle du Solskin, le jeune homme contemplait la planète bleue, entourée par le fin halo blanchâtre, presque lactescent, de son atmosphère.

Une fille à la silhouette élancée se tenait à ses côtés, silencieuse. Ses longs cheveux blancs coulaient sur son dos comme de la soie liquide.

– Eh bien, Dina ? C'est tout ce que ça t'inspire ?

La jeune fille ne répondit pas, envahie par l'émotion : la Terre ! Elle la voyait enfin de ses propres yeux ! Elle allait passer plusieurs jours en orbite au-dessus des océans bleus, des grandes plaines multicolores, des montagnes brunes et vertes ! Quelle différence avec les grands déserts rouges de Mars !

Et quelle chance ils avaient eue jusque-là ! Majors des cadets d'Armstrong, Jerzy et Dina faisaient partie de l'équipage du Solskin, dirigé par le prestigieux capitaine Grant ! Certes, leur première mission n'était qu'une intervention de routine : la mise en orbite d'un tout nouveau modèle de relais de transmission. Mais elle leur offrait l'occasion de découvrir la Terre, berceau de l'humanité !

Jason Grant, un homme brun à la stature athlétique et au visage volontaire, se leva de son fauteuil et s'étira :

– Nous arrivons ! Le temps m'a paru long !

Sur l'écran mural, l'image de la planète bleue grossissait rapidement : le vaisseau interplanétaire Solskin était en approche finale.

– Installer un satellite ! maugréa Billings, l'officier

en second, dont les cheveux gris trahissaient un âge avancé. Je me serais bien passé de cette corvée.
– Comme si c'était à nous de jouer les réparateurs radio ! renchérit Orbison, le chef mécanicien du Solskin.
– Pour une fois qu'on nous propose une mission tranquille, rétorqua Braun, l'opérateur des Transmissions, ne râlons pas !
– Orbite atteinte dans H plus 3, annonça la pilote Sonia, une jeune femme aux cheveux rouges, coupés très courts à la mode martienne.
Dina vint s'asseoir à sa gauche. En tant que pilote junior, elle se contentait pour l'instant de l'assister lors de chaque manœuvre.
– Point de largage en vue, annonça Sonia.
Un volet latéral s'ouvrit lentement et un bras télescopique se déplia, tenant au bout de sa pince le nouveau relais.
– Ça sera vite fait, commenta Billings.
– C'est tout ? s'étonna Jerzy. On ne va quand même pas repartir tout de suite !
Billings eut un sourire amusé :
– Oh non ! On a droit à une journée de repos… Pour ma part, je me promènerais bien sur le continent africain. Il paraît que mes lointains ancêtres viennent de là…

– On pourra aller sur Terre ? demanda Dina, tout excitée.
– Accompagnez plutôt Orbison sur Gagarine ! C'est la plus grande station de loisirs du système solaire.
– On va sur Terre ! crièrent en même temps Jerzy et Dina.

Un problème de câblage à la dernière minute réclama l'intervention d'Orbison et de ses mécaniciens.
Par un hublot latéral, Dina regardait les hommes s'affairer autour du satellite.
La vision des trois scaphandres blancs flottant au-dessus du globe terrestre était absolument fascinante !
Une énorme masse apparut soudain au-dessous d'eux. Des flashes verts, bleus et oranges clignotaient comme une gigantesque enseigne publicitaire.
– La voilà, Dina ! s'exclama Billings dans son dos. Gagarine, la fameuse station de loisirs !
Une voix retentit alors dans les haut-parleurs :
– Orbison pour le Solskin. J'ai repéré une station en orbite supérieure. On dirait qu'ils ont un problème. Peut-on vérifier ça ?
– Bien reçu, Orbison, répondit Braun. Vérification en cours.

Billings contacta aussitôt la station orbitale de Sécurité. La réponse ne tarda pas :
– Ici la station Bengali de la Sécurité terrestre pour le Solskin : la station Baudry est effectivement en difficulté ! L'un de ses moteurs géostationnaires est en panne et un second est en train de lâcher. Heureusement que vous passiez par là : leur système de contrôle n'avait rien signalé. Pouvez-vous intervenir, Solskin ? Vous êtes les plus près…
– Bien reçu, Bengali. Nous y allons, répondit Grant.
Il fit signe à son second, qui s'empara de son micro :
– Billings pour Orbison. La station que vous avez signalée est bien en difficulté. Retour immédiat au vaisseau. Je répète, retour immédiat au vaisseau.
– Reçu cinq sur cinq, répondit le chef mécanicien. Nous rentrons.
– Billings, un point sur notre objectif, demanda Grant en se calant dans son fauteuil.
Une image de la station Baudry s'afficha presque aussitôt sur l'écran mural. L'équipage regardait la gigantesque structure métallique tournant sur elle-même, pendant que la voix de Billings commentait les images :
– La station Baudry, du nom d'un des premiers pionniers de l'espace, est la plus vieille station encore en activité autour de la Terre et une des plus importantes

par sa taille : trois kilomètres sur deux ! Si elle quitte son orbite, vous imaginez ce qui arrivera lorsqu'elle croisera les orbites inférieures ! Notamment la station de loisirs Gagarine, avec plus de trente mille personnes à bord ! Et si Baudry s'écrase sur Terre, les dégâts seront terribles. Elle tombera en plein continent européen !

Par un hublot, Dina observait le globe terrestre, et les centaines de satellites gravitant tout autour, comme des abeilles tournant autour d'une fleur. Une étrange fleur bleue.

Un éclair blanc aveugla soudain la jeune fille.

Chapitre 2

Dina cligna des yeux.

D'où avait surgi cet éclair ? La réflexion du soleil sur un engin en orbite ? Pourtant, Dina gardait de cet éblouissement une impression étrange, difficile à définir.

En s'approchant de Baudry, l'équipage découvrit, consterné, que la station n'était plus qu'un tas de ruines.

– Pas étonnant que ses moteurs lâchent les uns après les autres ! commenta Orbison.

– Pourquoi la conserve-t-on en orbite ? s'étonna Jerzy.

– C'est un monument classé, intervint Grant. Cette station appartient à l'histoire de l'humanité…

Des poutrelles métalliques pointaient hors de la gigantesque structure, comme autant de pattes griffues. Orbison émit un sifflement, dubitatif :

– Plutôt risqué comme intervention ! Si ce tas de ferraille dégringole, on est bon pour le grand saut…

– Nous devons réparer, et nous allons le faire ! le coupa Grant.
– Nous commencerons par nous arrimer pour stabiliser la station, expliqua Billings. Ça nous permettra de procéder aux réparations. Compris, Sonia ?
– C'est parti ! acquiesça la pilote. Mais, avec ces vieux modèles de pontons, ça va être périlleux…
Dina regardait la jeune femme effectuer les manœuvres. La situation lui semblait étrangement familière. D'où lui venait cette impression de déjà-vu ? C'était pourtant sa première mission avec Sonia !
Jetant un regard par le hublot, Dina vit que le Solskin avançait trop vite. « Nous allons toucher à gauche, pensa-t-elle. Sonia n'a pas vu qu'un tube dépasse du ponton. »
– Sonia, attention…
– Silence, junior ! répliqua la pilote sans se détourner de l'écran 3-D. Tu vois bien que je suis en pleine manœuvre !
– Justement. Tu… je crois que nous allons toucher…
Pour toute réponse, Sonia ricana.
– Je t'assure ! insista Dina. Vire à 15 degrés sur ta droite.
Elle parlait avec autorité, car elle se *rappelait*. Elle avait déjà vécu cela.

– Tu veux m'apprendre à piloter ? aboya Sonia.
– Tu as toujours le même problème sur les arrimages, constata Dina sur le ton de l'évidence.
– Ça suffit, junior ! coupa Grant. Ton attitude envers ta supérieure est inqualifiable. Tu es consignée dans ta cabine jusqu'à nouvel ordre !
– À vos ordres capitaine, soupira la junior.
Dina se rappelait parfaitement sa première altercation avec la pilote. En s'entêtant, elle s'était fait une ennemie de Sonia. Cette fois, elle ne discuterait pas. Elle se sentait plus forte, plus sûre d'elle. Elle quitta calmement le poste de contrôle.
Mais pourquoi avait-elle la certitude d'avoir vécu ces événements ? Et pourquoi était-elle la seule à s'en souvenir ?

Chapitre 3

La porte de la cabine se referma avec un soupir pneumatique. Dina se laissa tomber sur sa couchette et ferma les yeux.

Alors, tout lui revint. Les images défilèrent dans son esprit, comme des flashes : des vaisseaux de guerre, des cargos, un astéroïde, une base abandonnée, un disque noir, le visage terrible d'un homme : Quaz ! Et l'effacement !

Dina avait subi un effacement, et pourtant elle se souvenait ! Elle n'en était pas à sa première mission ! Mais alors ? Cela revenait à dire que l'effacement n'avait eu qu'un effet temporaire sur sa mémoire ! Pourquoi pas sur celle de Jerzy et des autres membres de l'équipage ?

Des pas résonnèrent dans la coursive et s'arrêtèrent derrière sa porte. Dina sut que c'était Grant. Il venait lui dire qu'elle avait eu raison pour la manœuvre d'arrimage. Comme dans son souvenir.

La porte de la cabine se déverrouilla et le panneau glissa. C'était bien Grant.
– Dina..., commença le capitaine, la mine embarrassée.
– Je sais ce que vous allez dire, l'interrompit la jeune fille. J'avais raison, mais je ne dois pas discuter les décisions de mes supérieurs.
Il resta bouche bée.
– Comment sais-tu... ? souffla-t-il enfin.
– Je m'en souviens.
– Comment ça, tu t'en souviens ?
– Nous avons déjà vécu une situation similaire, vous ne vous rappelez pas ? Je me souviens de bien d'autres choses encore : les pirates, l'agent Quaz, ma dispute avec Sonia, mes conversations avec vous, la visite de la base rebelle, la découverte d'une forme de vie non humaine dans le système solaire !
– Qu'est-ce que tu racontes ? Quelle race non humaine ?
– L'équipage du Solskin a bien subi un effacement, non ?
Grant semblait complètement dépassé. Il prit une grande inspiration :
– En tant que capitaine de cet équipage, j'ai été mis au courant par Deimos : notre équipage a effective-

ment subi un effacement à la fin de sa précédente mission. C'est une procédure normale dans les situations où la sécurité de l'Alliance est en jeu. Personnellement, j'ai subi cinq effacements dans ma carrière.

– Et vous vous en souvenez ?

– Bien sûr que non. Je l'apprends après coup, car je dois veiller à ce que l'équipage ne souffre pas d'éventuelles séquelles. Personne ne peut se rappeler les événements sur lesquels ont porté l'effacement ! C'est impossible.

– Moi, je m'en souviens, capitaine ! Et la base rebelle ? Celle que nous avons visitée ensemble, vous l'avez oubliée ?

Le regard de Grant se fit grave, presque attristé.

– Désolé, Dina, dit-il en lui posant la main sur l'épaule. Je ne sais pas de quoi tu parles. Tu as besoin de te reposer.

– Je vais très bien ! s'écria la jeune fille en le repoussant avec humeur.

– Puisque c'est comme ça, décréta Grant d'un ton sans réplique, tu restes au repos dans ta cabine. C'est un ordre. Il faut que j'informe le Conseil de l'Unité. Je ne prendrai aucun risque avec les membres de mon équipage.

Il sortit, plus que troublé par l'état de la junior. « Personne ne peut avoir des souvenirs après un effacement, pensait-il. Personne ! Son cerveau aurait-il mal supporté l'opération ? Je vais dire à Billings de garder un œil sur elle. »

Lorsque Grant rejoignit le poste de contrôle, celui-ci était en pleine ébullition.

– Ah, capitaine ! s'exclama Billings avec soulagement. J'allais partir à votre recherche. Les ennuis continuent… Le deuxième moteur géostationnaire vient de lâcher, et Orbison n'a pas fini la réparation du premier !

– Autrement dit…

– La station commence à dériver, et son poids est trop important pour le Solskin. Nous devons nous détacher… Sinon, Baudry va nous entraîner dans sa chute !

– Sonia, ordonna aussitôt Grant, on se dégage.

– Mais… capitaine ! protesta Jerzy. Orbison et ses hommes…

– Nous laisserons la passerelle en place, mais le Solskin doit commencer à se détacher. Dans le pire des cas, mieux vaut perdre trois hommes que tout un équipage.

Un silence de mort tomba dans la salle.

– Sonia, reprit le capitaine, vous vous sentez capable d'effectuer la manœuvre ?
La jeune femme déglutit :
– Il faudra bien. Je tiens à revoir nos mécaniciens.
Elle se pencha sur ses écrans, s'efforçant de corriger la position du Solskin par rapport à la dérive de la station, tandis qu'Orbison, informé de la situation, s'activait à la réparation.
Dina apparut alors à la porte du poste de contrôle. Elle se glissa discrètement sur son siège. Sonia était concentrée sur ses commandes, les autres avaient les yeux rivés sur l'écran mural ; personne ne remarqua son arrivée.
Sonia lâcha un juron. Le Solskin dérivait vers la poutrelle métallique dépassant d'un ponton d'arrimage : il allait s'épingler dessus comme un insecte !
– On va trop vite ! s'écria Grant. Il faut redresser !
Dina savait qu'il restait une petite chance. Elle ferma les yeux. La manette directionnelle échappa à Sonia, qui poussa un cri de surprise. Le Solskin fit une embardée. Il frôla le ponton et vint heurter la station dans un énorme fracas de tôles froissées. Mais le pire était évité.
L'équipage respira, et les compliments fusèrent. Cependant, la pilote regardait sans comprendre sa main,

posée à côté de la manette. Que s'était-il passé ?
À cet instant, le capitaine découvrit Dina à son poste. Elle avait désobéi à ses ordres !
– Dina ? Qu'est-ce que tu fais là ? Dina ?
La jeune fille se tenait prostrée, la bouche ouverte, le regard vide. Grant se leva, soudain effrayé. Il passa sa main devant le visage de la junior. Elle n'eut aucune réaction. Son corps s'affaissa et glissa sur le côté.

Chapitre 4

Quelques minutes plus tard, une flamme bleue jaillit de la tuyère du géostationnaire un. Orbison et son équipe regagnèrent le Solskin. La station Baudry était sauvée.

Mais Grant était surtout préoccupé par l'état de la junior. Il la fit transporter dans la salle de soins et resta un moment à son chevet, avec Billings et Jerzy. Se penchant vers son second, Grant lui parla à l'oreille :

– Dina m'inquiète. Elle prétend avoir des souvenirs d'avant l'effacement !

Billings sursauta comme s'il avait reçu une gifle :

– C'est impossible ! D'ailleurs, comment sait-elle qu'elle a été effacée ?

– Je l'ignore. À part vous et moi, personne à bord n'est au courant.

Les deux hommes retournèrent à leur poste, songeurs. Jerzy resta seul avec la jeune fille.

Le visage aussi blanc que le drap qui la recouvrait,

Dina semblait morte. Jerzy eut un brusque accès de panique. Il se pencha : mais non, sa poitrine se soulevait, elle était bien en vie. Il soupira, rassuré. Dina ouvrit soudain ses grands yeux verts. Ils brillaient d'un éclat fiévreux.

– Comment ça va ? demanda le jeune homme.

– Ça va, répondit-elle dans un souffle. La station Baudry ?

– Plus de problème. Les moteurs sont réparés.

– Tu sais, j'ai eu très peur quand Sonia a raté sa manœuvre. J'ai fait dévier le Solskin pour qu'il évite le ponton. C'est ça qui m'a épuisée...

Jerzy passa une serviette sur le front de la jeune fille couvert de sueur.

– Chut... ne parle pas.

– Est-ce que, toi aussi, tu fais des rêves bizarres ?

– Bien sûr, comme tout le monde...

– Non, je veux dire... Tu te souviens des pirates ?

– Des pirates ? Quels pirates ?

– Nous nous sommes battus contre eux ! Et nous avons visité leur base ensemble !

– Dina... Repose-toi, murmura Jerzy, s'efforçant de garder un ton calme. Tu as de la fièvre. Tu délires.

– Mais non ! gémit-elle. Je ne délire pas ! Je me souviens ! Les pirates...

– Nous avons livré beaucoup de bataille sur le simulateur pendant notre formation sur Armstrong, expliqua Jerzy, avec un sourire crispé. C'est ça que tu te rappelles ! Tu es fatiguée, tu mélanges tout.
– Non, Jerzy ! Je te dis que ce sont des souvenirs, s'énerva Dina.
Jerzy remua la tête, perplexe.
– Tu ne peux pas te souvenir de ce que tu n'as pas vécu ! Je te jure, nous n'avons jamais combattu de pirates !
Jerzy fit boire à Dina le sédatif prescrit par Billings. Le sommeil serait bénéfique à la jeune fille.
Les deux amis restèrent un instant silencieux.
– Au fait, dit soudain Jerzy, Norstrand nous a appelé. Il propose qu'on se retrouve demain. C'est notre jour de repos. Qu'est-ce que tu en penses ?
– Norstrand ? Il n'était pas affecté sur Saturne ?
– Il vient d'être muté sur Terre, dans les services techniques du gouverneur Wyll Farr. Il se débrouille bien, notre petit Norstrand…
– Wyll Farr…
Ce nom réveillait de sinistres images dans la mémoire de Dina.
– Jerzy, tu te souviens de Quaz ?
– De quoi ?

– Quaz, l'agent du gouvernement.
– Jamais entendu parler.
– C'est bien ce que je dis ! marmonna-t-elle. Je suis la seule à me souvenir !
Elle se mit à dodeliner de la tête : elle s'endormait. Jerzy referma doucement la porte de la salle des soins avec un soupir découragé : qu'arrivait-il à Dina ?

La station Baudry remise en orbite, le Solskin acheva l'installation du relais de transmission. À la fin de cette journée, l'équipage put partager un légitime sentiment de fierté. Une banale mission s'était transformée en sauvetage héroïque !
– Demain, quartier libre ! annonça Grant. Nous avons bien mérité notre journée de repos !
Des hourras éclatèrent dans le poste de contrôle.
– Le Solskin va s'arrimer à la station Gagarine. Amusez-vous bien, mais soyez de retour à l'heure. Nous repartons après demain pour Deimos. Compris ?
– Bien reçu, capitaine ! répondit en chœur l'équipage.
La pilote Sonia conduisit le Solskin jusqu'à l'énorme base de loisirs. Les pontons d'arrimage n'y manquaient pas, et le trafic des vaisseaux autour de la sta-

tion était impressionnant. Le Solskin trouva enfin une place, et tout le monde se prépara à descendre. Billings et Sonia décidèrent de gagner la surface de la Terre. Mais la plupart des membres du Solskin préférait profiter des nombreux divertissements offerts par Gagarine.

Jerzy tenait, lui aussi, à voir la Terre. Mais il ne voulait pas y aller seul. Il se rendit à la salle de soins pour voir si Dina était en état de l'accompagner. Il trouva Grant à son chevet. La jeune fille semblait remise et discutait tranquillement avec le capitaine.

– Dina ? demanda Jerzy. Ça va ?

– Ça va…

– Je vais partir pour la Terre… Tu viens avec moi ?

Dina détourna les yeux, embarrassée. Ce fut Grant qui répondit :

– Dina est consignée.

– Consignée ? Pourquoi ?

– C'est la seule façon d'obliger cette tête brûlée à se reposer.

– Mais c'est notre jour de repos ! protesta Jerzy. Ça lui ferait du bien de prendre l'air, non ? On a une occasion unique de voir la Terre !

– S'il vous plaît, capitaine…, implora Dina.

– Tu restes à bord du Solskin, coupa Grant d'un ton

sans réplique. Toi, Jerzy, rejoins les autres sur Gagarine. Allez, disparais !
– À vos ordres, capitaine, soupira Jerzy en quittant la cabine.
Dina laissa retomber sa tête et ferma les yeux. Quelle malchance ! Elle n'aurait sans doute pas l'occasion de revenir sur Terre avant longtemps…
Cependant, ces souvenirs qui lui revenaient, alors qu'elle avait été « effacée », ne l'entraînaient-ils pas vers une aventure autrement exaltante qu'une balade sur la Terre ?

Chapitre 5

Le lendemain, le Solskin entama le retour vers la base de Deimos, laissant derrière lui la planète bleue.

Chacun s'était replongé dans le travail, la tête encore pleine des images de Gagarine : le luxe inouï des grands salons aux immenses canapés de cuir rouge, la décoration étourdissante des salles de jeux, toute de miroirs et de lumières clignotantes, le bruit de la foule excitée autour des machines à sous…

Dina riait en écoutant le récit de Jerzy.

– Et la « femme aux trois bras qui lit l'avenir » ! Tu aurais vu ça ! Mais le plus fameux, c'est le restaurant où nous avons mangé hier soir. De la véritable cuisine terrienne, tu te rends compte ! Avec des produits naturels, comme il y a plusieurs siècles !

À cet instant,une voix retentit dans les haut-parleurs du Solskin :

– Deimos à Solskin, Deimos à Solskin !

– Solskin à Deimos, j'écoute…, répondit Braun.
– Nous avons reçu un appel prioritaire de la station d'observation de la Lune. Ils ont capté un étrange écho radar et demandent une confirmation.
Grant fit signe à Braun de le connecter :
– Grant à Deimos. De quoi s'agit-il ? Quel type d'écho ?
– On ne sait rien de plus. Il y a effectivement un écho inquiétant entre Mars et la Terre. Un objet non identifié, et plutôt important, se dirigerait vers la Terre. Une comète, ou un astéroïde.
Dina se redressa sur son siège. Son intuition lui disait que ce corps céleste inconnu avait quelque chose à voir avec les pirates.
– Capitaine, je sais ce que c'est, déclara-t-elle avec force.
– Pardon ? demanda Grant, interloqué.
– Ce sont les pirates. Ils se sont alliés aux non-humains. Ils viennent à notre rencontre. À ma rencontre, plus exactement.
Un grand silence tomba sur le poste de contrôle, et tous les regards se tournèrent vers la jeune fille aux cheveux blancs. Seul Braun pouffa :
– Mais oui, Dina, les petits bonhommes verts arrivent !

Il y eut quelques gloussements. Mais ni Grant, ni Jerzy, ni Billings n'étaient d'humeur à rire. « Dina a perdu la tête », pensait le capitaine.
– De quoi parles-tu exactement ? demanda Billings.
– Des pirates !
Braun et Orbison se regardèrent, interloqués.
– Dina, objecta Sonia, les pirates ne se sont plus manifestés depuis plus de deux ans.
– Si, il y a eu l'attaque du convoi de méthane ! rétorqua la jeune fille. Tu ne t'en souviens plus à cause de l'effacement, mais elle a bien eu lieu !
– Dina, intervint Grant, tu m'obliges à faire cette annonce plus tôt que je ne l'avais prévu : oui, l'équipage du Solskin a été effacé.
La nouvelle ne souleva aucune réaction particulière. Presque tous avaient déjà connu un effacement.
– Personne ne peut se souvenir de quoi que ce soit, reprit le capitaine. Et toi non plus. Alors, redevenons sérieux. Deimos vient de nous confier une mission : identifier le corps céleste qui fait route vers la Terre. C'est probablement un astéroïde. Si c'est le cas, nous devons le détruire avant qu'il ne cause de problème. Voilà. Je ne veux plus de commentaires. Tout le monde à son poste ! Et toi, Dina, tu arrêtes avec tes divagations, ou je te fais enfermer !

Le Solskin poursuivit sa route vers Mars, l'équipage prêt à intervenir à tout instant. Il n'attendit pas très longtemps. Jerzy vit apparaître un étrange phénomène sur son radar : une tache lumineuse qui occupait les deux tiers de l'écran.

– Ça doit être une interférence, dit Billings d'une voix hésitante.

Il éteignit d'autorité l'écran et le ralluma :

– C'est un vieux truc de navigateur, tu coupes, tu rallumes, et tout revient dans l'ordre. Regarde…

L'écran s'était rallumé, mais la tache était toujours là !

Billings en resta pétrifié.

– Capitaine, appela-t-il, nous avons un étrange signal radar.

– L'objet signalé par Deimos ?

– Oui, capitaine…

– Alors, où est le problème ? demanda Grant.

– Le problème ? Si j'en crois le radar, l'objet qui arrive vers nous a presque la taille de la Lune !

Un murmure de stupeur traversa le poste de contrôle. Grant bondit de son fauteuil et rejoignit Billings à sa console :

– Ce pourrait être un astéroïde échappé de la Ceinture principale et se déplaçant vers nous !

– Mais quel astéroïde ? répliqua le navigateur. Les plus grands astéroïdes de la Ceinture, comme Cérès, Pallas ou Vesta, sont trois fois plus petits !
Cette fois, Grant resta sans voix.
– Si un tel objet venait à heurter la Terre, ou même à la frôler, dit Braun d'une voix blanche, ce serait sa fin pure et simple !
Un doute persistait toutefois dans l'esprit de Billings :
– Et si c'était dû à un défaut de nos instruments ? Une sorte d'interférence magnétique… Un tel objet ne peut apparaître comme ça ! D'autres observatoires l'auraient repéré depuis longtemps lors de sa traversée du Système ! Qu'a dit Deimos ?
L'opérateur des transmissions consulta son écran :
– L'écho du mystérieux objet a été capté entre Mars et la Terre. Mais rien avant, rien entre la Ceinture d'astéroïdes et Mars…
– Alors ça ne peut pas être un astéroïde ! s'exclama Billings. Il aurait été repéré ! Un astéroïde n'apparaît et ne disparaît pas à volonté !
– En tout cas, ça ne change rien à notre situation, annonça Jerzy. Cet objet se rapproche toujours ! Et on dirait qu'il se dirige droit sur nous !
– Nous changeons de cap ! décida aussitôt Grant. Sonia…

– Tout de suite, répondit la pilote en affectant une nouvelle trajectoire au Solskin.
Un moment de silence angoissé suivit. Mais Billings brisa ce silence d'une voix tremblante :
– L'objet a lui aussi changé sa trajectoire ! On dirait qu'il nous poursuit.
– C'est impossible ! dit Grant. Nouvelle trajectoire !
Sonia s'exécuta, et Billings annonça presque immédiatement :
– Il a encore changé.
– Billings, lança Grant d'une voix ferme. Envoyez un avertissement avant l'ouverture du tir. Nous utiliserons toute notre puissance pour les arrêter, qui que ce soit…
– Si c'est un rocher, ça ne servira pas à grand chose…, remarqua Jerzy, désabusé.
– Junior, tu as déjà vu un rocher changer de cap ? rétorqua Grant.
– Ce sont les pirates… Je vous l'ai dit, soupira Dina, calée au fond de son siège.
L'objet était maintenant tout proche, et la jeune fille sentait clairement une *présence*. Et on ne l'écoutait pas !
– Contact dans une minute ! annonça Billings.
Tous les regards se tournèrent vers les écrans. Aucune image n'y apparaissait !

– Rien, on n'a rien en visuel ! cria Braun, excédé. Je ne comprends pas !
– Contact dans trente secondes ! dit Jerzy.
Grant serra les accoudoirs de son fauteuil. Billings égrena le compte à rebours d'une voix aiguë.
– Cinq, quatre, trois, deux, un ! Contact ! cria-t-il à bout de nerfs.
Jerzy avait instinctivement fermé les yeux, s'attendant à une violente secousse. « Ça y est ! On va déguster ! »
Mais rien ne se passa.
– D'après le radar, l'objet est là, sur nous ! s'exclama Billings, incrédule.
Les écrans restaient vides. Les caméras du Solskin renvoyaient toutes la même image d'un espace étoilé : il n'y avait rien autour du vaisseau.
À cet instant, Dina poussa un cri terrible et s'écroula sur le sol.

Chapitre 6

Tout était blanc. « Je suis de retour », pensa Dina.

D'où lui venait cette impression si profonde d'être revenue chez elle ? « Pourtant, je n'ai pas de chez moi… » N'avait-elle pas grandi sur Mars, dans différents centres de formation ?

Tout était blanc autour d'elle. Dans cette blancheur, elle devinait des formes qui flottaient, palpitant comme des papillons.

La jeune fille se rappela les visions de mer blanche qui l'avaient accompagnée, ces derniers temps. Non, elle n'était pas folle. Elle voyait des choses que les autres ne pouvaient voir. Elle ne savait pas encore pourquoi. Cependant, elle approchait de la révélation, elle le sentait. Ces formes blanches, étaient-ce les êtres que son père avait rencontrés dix ans auparavant ? Étaient-ce… les non-humains ?

– *Dina…*

Elle prit peur. Cette voix d'homme, qu'elle ne connaissait pas et qu'elle *reconnaissait* ! Était-ce lui ?
– Papa ?
– *Je suis content de te retrouver. J'ai eu peur un moment que le traitement de Quaz ne te soit fatal.*
– Papa ? C'est bien toi ?
– *Oui..., c'est moi.*
– Oh, papa ! Dis-moi que je ne suis pas folle ! J'ai tellement de questions ! Alors, c'est vrai ? Les non-humains existent ?
– *Ils sont là, devant toi.*
– Oui. Je crois que je les vois. Des formes blanches...
– *C'est ça. C'est le signe que tout se déroule comme prévu.*
– Que veux-tu dire ?
– *Je t'en reparlerai. Le temps presse, notre passage ne doit ressembler qu'à une anomalie de votre radar. Nous sommes venus en urgence te prévenir que Wyll Farr est en train de mettre sur pied un plan terrible. On craint qu'il ne veuille détruire Titan. Tu es notre seul espoir. Il faut que tu réussisses.*
– Qu'est-ce que je dois faire ?
– *Je sais que tu trouveras la solution. Il te faudra du courage. Ne renonce jamais. Reste en vie le plus longtemps possible.*

– Papa, quand te reverrai-je ?
– *Je ne sais pas... C'est trop risqué pour le moment.*
La deuxième gifle de Grant sortit Dina de son évanouissement.
– Papa ! cria-t-elle.
Puis elle ouvrit les yeux. Elle était allongée sur le sol du poste de contrôle.
– Dina ? Ça va ?
– Ça ira, merci ! Vous y êtes allé de bon cœur, capitaine ! dit-elle en se frottant la joue.
– C'était un plaisir, blagua Grant.
– Tu nous as fait une de ces peurs ! s'écria Jerzy, soulagé.
Ils l'aidèrent à se relever. Dina lança un regard vers les écrans radar.
– Et le… la chose ?
– Elle a disparu, répondit Billings. C'est à n'y rien comprendre. On s'attendait à une collision, et il ne s'est rien passé.
– C'est le « fantôme du radar » ! gloussa Braun.
D'un froncement de sourcils, Billings le fit taire.
– Selon le radar, qui fonctionne parfaitement, cet objet est passé sur nous.
– À travers nous, rectifia Dina.
Grant ouvrit de grands yeux. Il s'exclama :

– C'est exactement l'impression qu'on a eue…
– Ne criez pas : je sais ce que c'était.
Elle se lança dans une description de sa vision. Mais plus elle racontait, plus elle s'enferrait dans des détails confus.
Grant leva la main, le visage sévère :
– Stop ! J'en ai assez entendu. Tout ce que tu nous racontes… c'est… c'est n'importe quoi. Est-ce que tu te rends compte de ton état ?
– Mon état ? s'étonna la jeune fille.
Elle avait échoué. L'équipage la prenait pour une folle ! Grant répondit d'une voix éteinte :
– Dina, cela n'a rien à voir avec ton père ou je ne sais quels non-humains. Tu souffres des séquelles de l'effacement, voilà tout. Sur le moment, j'ai eu peur que ce ne soit une crise d'épilepsie.
– Ça expliquerait bien mon évanouissement ! railla Dina. C'est trop facile ! Je suis la première à m'étonner de tout ce qui m'arrive, mais je vous dis la vérité ! Et vous, au lieu de me faire confiance, vous cherchez à tout prix une explication rationnelle !
– C'est pourtant comme ça qu'on s'approche de la vérité, dit Billings. En confrontant les simples « impressions » à des preuves établies. Dina, tu n'as aucune preuve de ce que tu avances.

– Je me suis souvenue toute seule de l'effacement ! Personne ne m'en a parlé ! Ça ne vous suffit pas comme preuve ?
Grant prit la parole :
– Il y a tes vertiges, tes pertes de connaissance. J'ai consulté ton dossier médical. Tu en souffrais déjà avant l'effacement.
– Je vais très bien, merci ! s'emporta Dina. Ce n'est pas ma faute si je me souviens de choses que tout le monde a oubliées !
– Ce n'est pas ta faute, c'est vrai, essaya de la calmer Billings.
Mais le vieux navigateur lança un regard inquiet vers Grant. Le capitaine toussa, très embarrassé :
– Je suis désolé, Dina : tu es sans conteste une personne brillante, mais je crois que, d'une certaine manière, tu l'es trop, et tu t'es « brûlée ». Peut-être n'es-tu pas réellement faite pour l'espace…
– Quoi ? rugit la junior, au comble de l'énervement. Vous n'allez pas me mettre à pied ?
– Mais que veux-tu que je fasse ? Que je garde dans mon vaisseau une malade qui souffre d'hallucinations et s'évanouit à tout bout de champ ?
– Le mieux serait de la faire admettre à Lhassa, dit Billings.

Jason Grant songea un instant à la suggestion de son second.
– Très bonne idée, Billings, approuva-t-il enfin. Dina, tu vas te reposer pendant quelque temps dans le centre de Lhassa, sur Terre. Nous repasserons te voir au retour de notre prochaine mission. Alors, nous aviserons.
– Vous n'avez pas le droit ! cria la jeune fille. Et mon père ! Et Titan !
Elle poussa un cri, ressentant une vive douleur à l'omoplate gauche. Billings venait de lui administrer une piqûre.
– Qu'est-ce que vous m'avez fait ?
– C'est un calmant, Dina. Tout ira bien…
– Mon père compte sur moi, bredouilla-t-elle d'une voix déjà pâteuse.
Elle entendit la voix de Billings, lointaine :
– Ton père est mort. Tu vas dormir maintenant.
Mais Dina se moquait de ce qu'ils pouvaient penser ! Elle savait que son père était toujours en vie…
« Je dois sauver Titan… » pensa-t-elle avant de sombrer.

Chapitre 7

Le Solskin retourna se placer en orbite autour de la Terre. On prépara la navette. Dina, l'esprit encore tout cotonneux, salua Grant et Billings avant d'entrer dans l'habitacle. Jerzy, effondré par ce qui arrivait à son amie, était parti s'enfermer dans sa cabine.

– Capitaine, je trouverai un moyen de vous convaincre, déclara la jeune fille. Je ne sais pas comment, mais je trouverai !

Jason Grant était bouleversé. Il avait longtemps mûri sa décision. Dina les quittait peut-être pour toujours. Des cas de folie irréversible avaient déjà été signalés après des effacements. Le capitaine serra les poings : il ne reviendrait pas sur sa décision, c'était la seule solution.

– Prends bien soin de toi, Dina, dit-il d'une voix étranglée.

Orbison s'était proposé pour conduire la navette.

Celle-ci traversa les couches supérieures de l'atmosphère terrestre et émergea des nuages au-dessus d'un grand désert jaune, qu'elle traversa vers l'ouest. Une fois franchi un immense océan, les côtes verdoyantes du continent asiatique apparurent derrière la courbure de l'horizon.

La navette se rapprocha du sol et remonta un large fleuve aux eaux dorées. Puis de hauts sommets couverts de neige se dressèrent devant les voyageurs.

– Les Montagnes Bleues, déclara le chef mécanicien.

– Elles sont blanches ! ricana Dina.

– On les appelle tout de même les Montagnes Bleues ! Nous n'allons pas tarder à arriver à Lhassa.

La ville de Lhassa était bâtie à flanc de montagne, au bout d'une vallée où coulait une large et paisible rivière. C'était un empilement de maisons blanches aux toits bleus ou rouges, dominé par les ruines d'un grand palais, vestige d'une ancienne religion. Un peu à l'écart de la ville se trouvait le centre de repos, bâti lui aussi à flanc de montagne.

La vie dans le centre était stricte, voire austère. Dina dut manger d'étranges produits cultivés sur Terre, appelés légumes. Elle dormait, comme tous les autres pensionnaires, dans une étroite chambre dont la porte-fenêtre donnait sur une terrasse. Quand il faisait beau, les patients sortaient leurs chaises longues. Dina découvrit ce que le docteur appelait des « bains de soleil ». C'était une activité inconnue d'elle jusqu'alors, mais qui lui procurait un extraordinaire bien-être. Le docteur l'avait assurée que son corps se chargeait ainsi en vitamines. Dina constata surtout que sa peau brunissait. Les matinées étaient occupées par les soins et les séances de gymnastique. L'après-midi, les pensionnaires avaient quartier libre. Mais que faire, où aller dans ces montagnes désertiques ? Le troisième jour, Dina ne tenait déjà plus en place.

Le matin suivant, elle fit irruption dans les bureaux de la direction et réclama à grands cris la possibilité de communiquer avec le Solskin.

– Je suis une pilote ! Je fais partie d'un équipage. Je dois parler à mes amis !

Le directeur consentit à lui accorder un appel.

– Mais ce sera le seul. Vous devez oublier tout ce qui était votre quotidien jusque-là. C'est une des clés du traitement.

Il lui ouvrit un bureau donnant sur une terrasse. Dina se retrouva avec plaisir devant une console d'intercom.

Elle pianota sur le clavier, et la connexion fut rapidement établie.
– Jerzy !
Sur l'écran, son ami ouvrit de grands yeux.
– Dina ! Comment vas-tu ?
– Bien, bien, répondit la jeune fille.
Soudain, l'émotion la submergea et elle éclata en sanglots :
– Jerzy ! Viens me chercher ! C'est trop dur !
– Dina… Tu n'es là-bas que depuis quatre jours ! Patience ! l'encouragea son ami. Je veux te revoir complètement rétablie…
« Qu'est-ce qu'il m'arrive ? » pensait la jeune fille, étonnée de se découvrir si fragile. Les médicaments qu'on lui administrait y étaient sûrement pour quelque chose !
– Nous partons en mission pour Mercure, continua Jerzy. Nous reviendrons dans deux ou trois mois.
– Deux ou trois mois ! Mais… je ne peux pas rester ici aussi longtemps ! protesta Dina. Je sens que je vais faire une bêtise !
Une voix grave retentit dans son dos :
– Oh non ! On va te surveiller de près !
Une main coupa d'autorité la communication.

Chapitre 8

Dina se retourna, excédée :

– Comment osez-vous ?

Elle recula instinctivement en voyant l'uniforme marron des forces spéciales de l'Alliance. L'officier était-il envoyé par Quaz ? Il était très jeune, et pourtant le grade sur son col indiquait qu'il était lieutenant. Il n'avait pas l'air hostile. Bien au contraire, les mains sur les hanches, il la regardait avec un grand sourire.

– Bonjour, Dina, dit-il d'une voix douce.

La jeune fille écarquilla les yeux :

– Norstrand ?

– Ça y est, tu me reconnais ?

Essuyant ses larmes d'un revers de main, elle renifla :

– Comment as-tu appris que j'étais ici ?

– Jerzy m'a demandé de veiller sur toi. Tu n'as pas changée ! Ou plutôt si : tu es encore plus belle que dans mon souvenir…

– Tu es venu rendre une visite de politesse à la foldingue ? le coupa Dina.
– Mais…, non, rétorqua le jeune homme, un peu déstabilisé par ce ton railleur. Je suis inquiet pour toi, Dina.
Il fit signe à Dina et sortit du bureau par la porte-fenêtre donnant sur la terrasse. Allongés sur des chaises longues, les pensionnaires du centre faisaient leur plein de vitamine E. Dina regarda le jeune homme s'avancer sur la terrasse, puis se retourner vers elle, appuyé contre la balustrade. Elle n'en croyait pas ses yeux ! L'amoureux transi et rougissant de l'école d'Armstrong était devenu ce jeune homme athlétique et décontracté !
– Toi, tu as beaucoup changé, dit-elle en détournant le regard. Et qu'est-ce que tu fabriques sur la Terre ?
Norstrand se lança dans le récit de ses exploits : il conduisait des transporteurs de méthane et autres gaz hautement explosifs sur une base de Saturne ; jusqu'au jour où il sauva *in extremis* une équipe d'ouvriers, ce qui lui valut une promotion.
– Je suis le plus jeune lieutenant de l'Alliance, ajouta-t-il fièrement.
– Félicitations.
– Et toi ? Raconte-moi ! Jerzy a esquivé toutes mes

questions, comme s'il ne se rappelait rien !
– Évidemment ! On a été effacés.
Le jeune homme en resta abasourdi :
– Effacés ! Mais, en ce cas, tu ne te souviens de rien, toi non plus. Et surtout pas de l'effacement ! Ce qu'il y a dans ton dossier serait donc vrai ?
– Quoi ? explosa-elle. Que je suis folle ? Que j'ai des visions ? Qu'est-ce qui t'inquiète, exactement ?
Une chose lui apparaissait avec évidence, maintenant : si son cerveau avait résisté au traitement, c'est qu'elle possédait des capacités particulières. Mais si elle parlait de ses souvenirs, on penserait qu'elle délirait, que son cerveau n'avait pas supporté l'effacement.
Norstrand la dévisageait d'un air grave :
– Inutile d'être agressive avec moi, Dina. Je ne suis pas un agent du Gouvernement, comme Quaz. Je veux seulement t'aider.
– Tu connais Quaz ?
– Bien sûr ! Je suis au service de Wyll Farr... Allez, je ne suis pas venu pour parler de ça ! Je voulais t'emmener faire un tour... Tu n'as pas dû voir grand chose de la Terre...
– Hélas ! Je ne peux pas sortir d'ici !
– Bien sûr que si ! Tu es accompagnée d'un lieute-

nant des forces gouvernementales. Personne ne t'en empêchera. Et, avec ma nouvelle fonction, je me suis vu accorder un véhicule personnel. Donc…

La perspective de quitter le centre de Lhassa, même pour une simple promenade, redonna le moral à la jeune fille.

– Eh bien, allons-y !

Comme elle traversait le hall d'entrée, la surveillante bondit de son bureau et la rattrapa :

– Hep, ma jolie ! Où crois-tu aller comme ça ?

– Cette jeune fille est avec moi, intervint Norstrand d'une voix autoritaire.

La vue de la combinaison officielle fit son effet. La surveillante regagna son bureau sans demander d'explication.

L'aéroglisseur de Norstrand survola la chaîne de l'Himalaya avant de descendre au sud, vers le triangle de la péninsule indienne. Le plancher du cockpit était transparent : Dina put admirer les magnifiques paysages qui défilaient sous eux. Elle restait toutefois assez réservée, ne pouvant oublier pour quelle raison elle se trouvait sur la Terre : on la considérait comme folle.

Comme s'il avait suivi le fil de ses pensées, Norstrand dit, soucieux :

– Jerzy m'a parlé de tes étranges pertes de conscience, de tes visions... À Armstrong, ça ne t'était jamais arrivé.
– C'est vrai. Je ne suis plus la Dina que tu as connue à l'école des Cadets ! De la même manière, le Norstrand qui conduit l'aéroglisseur n'est pas l'amoureux transi que j'ai connu à Armstrong.
– Amoureux transi ? répéta Norstrand, amusé. C'est vrai, à cette époque, j'étais bien trop timide pour oser te parler. La seule idée de te regarder en face me terrorisait ! J'ai changé, c'est la vie.
– Tu as beaucoup changé. Tu sembles tellement plus sûr de toi...
– Oui, mais je suis toujours très amoureux de toi. Ça aussi, c'est la vie.
Norstrand avait dit ces derniers mots sur un ton détaché en haussant les épaules, comme s'il avait énoncé une évidence.
Dina resta sans voix. Cet aveu la prenait au dépourvu. Et la remplissait de joie. Norstrand l'aimait toujours...
Cette paisible journée passa trop vite. À l'heure de regagner le centre de repos, Norstrand raccompagna la jeune fille jusqu'à sa chambre.
– Tu vas me manquer, Dina ! lâcha-t-il, dissimulant sa gêne sous un petit rire.

Il n'avait pas tellement changé, au fond ! La jeune fille sentit une bouffée de tendresse l'envahir. Elle serra le jeune homme dans ses bras.

– Reviens me voir bientôt, lui dit-elle à l'oreille. Tu promets ?

Pour toute réponse, il l'embrassa sur la joue. Elle le regarda s'éloigner au bout du corridor et attendit que les portes de l'ascenseur se referment sur lui.

Chapitre 9

Grâce à l'annulation d'une mission au dernier moment, Norstrand put venir chaque après-midi retrouver Dina à Lhassa. Ils passèrent des heures sur la terrasse ou dans le parc, à discuter de tout et de rien. Ils se promenèrent en aéroglisseur, et Dina découvrit les plages d'Afrique du Sud, les tempêtes rugissantes du Cap Horn, la fournaise blanche de la Mer de sel... Elle visita les plus grandes villes terriennes, contempla tous les monuments du patrimoine de l'humanité, qu'elle n'avait vus qu'en images pendant sa formation. Elle fut ébahie par la taille des chutes du Niagara, étourdie par la hauteur du Mont Everest, fascinée par la beauté de la forêt équatoriale. Elle put mâcher de l'herbe, croquer dans une pomme cueillie sur l'arbre, et boire de l'eau de source dans le creux de ses mains... Elle avait l'impression de vivre un rêve.

Norstrand était un guide agréable et attentionné.

Dina appréciait de plus en plus sa présence discrète, et notamment le fait qu'il ne risquait jamais aucune allusion au passé.
Dina repensait souvent à son étrange déclaration d'amour. Elle savait bien que le silence qu'elle avait laissé s'installer entre eux à ce sujet était un aveu : elle acceptait tacitement la situation. Une chaleur jusqu'alors ignorée s'était répandue en elle. C'était bon de se savoir aimée ! Et cet amour-là, elle pouvait l'accepter. Pour Jerzy, elle avait trop d'amitié. Quant à Grant, il était son supérieur, et leur relation ne pouvait avoir de suite. De toute façon, lors de l'effacement, le capitaine avait perdu tout souvenir de leurs émois passés.
Pour la première fois de sa vie, Dina se sentait pleinement heureuse. Elle avait presque oublié la raison pour laquelle elle se trouvait ici, dans ce centre de repos. Les histoires de pirates, de race non humaine, et même le retour de son père disparu, tout ça lui semblait bien lointain…
À la réflexion, elle trouvait que Grant avait eu raison de la laisser sur Terre. Cela lui permettait de prendre du recul… Elle pouvait poser un fardeau qu'on lui avait placé sur le dos sans lui demander son avis, et vivre une histoire d'amour comme n'importe quelle

fille de son âge. Dina s'aperçut aussi qu'elle n'espérait rien de plus. Elle voulait profiter à fond des moments passés avec Norstrand.
Quelques jours plus tard, la réalité reprit brutalement ses droits.

Norstrand et Dina revenaient d'une expédition aux confins des terres australes. Comme l'aéroglisseur arrivait au-dessus du centre de repos pour effectuer son atterrissage, Dina aperçut une silhouette qui s'éloignait sur la terrasse, vêtue de la combinaison marron des agents du gouvernement.
– C'est Quaz..., murmura-t-elle.
Norstrand fit une moue dubitative :
– Ça m'étonnerait !
– Tu me raccompagnes ?
– Bien sûr.
Une fois arrivée dans sa chambre, Dina s'arrêta paralysée par l'appréhension. Elle redoutait de trouver l'agent du gouvernement assis sur son lit.
Norstrand le comprit et, ouvrant la porte d'un geste vif, il entra.
– Il n'y a personne.
Dina poussa un soupir de soulagement et entra à son tour. Elle vit aussitôt le message holographique posé

sur son lit. Elle prit le boîtier en main et appuya sur le bouton. Le visage grêlé du gouverneur Wyll Farr apparut :

– Bonjour, chère Dina Scott. Avec quelques jours de retard, je te souhaite la bienvenue sur la Terre. Une réception est donnée ce soir dans le palais gouvernemental de Riga, à l'occasion de l'anniversaire de mon élection. Ce serait un immense honneur pour mon gouvernement de recevoir la fille du héros Aldrin Scott.

Dina resta un instant pensive. Wyll Farr voulait la voir… Très certainement, Quaz serait présent.

– Qu'est-ce que je fais ? se demanda-t-elle à voix haute.

À présent qu'elle connaissait les raisons réelles de sa disparition, elle se doutait bien qu'on ne l'invitait pas pour évoquer la mémoire de son père. Toutefois, avait-elle le choix ? Pouvait-elle refuser l'invitation du gouverneur de l'Alliance ?

Et, si elle acceptait, elle devrait de nouveau affronter Quaz.

Chapitre 10

Norstrand se montra étonné, et même alarmé, par le message de Wyll Farr.
– Je n'ai jamais entendu parler de cette réception, et pourtant je travaille dans les services du gouverneur !
– Alors, ce serait un piège ? demanda la jeune fille.
– Si tu te rends à Riga, je t'accompagne, dit le jeune lieutenant d'une voix ferme. Je ne tiens pas à te laisser aller là-bas toute seule, surtout après ce que tu m'as raconté sur Wyll Farr et Quaz.
Dina venait d'avoir une intuition soudaine :
– Norstrand… Est-ce que tu t'es demandé pourquoi on t'avait éloigné de ton exploitation minière de Saturne pour te muter ici ?
– Non…
– Tu devrais ! Pourquoi chercher un jeune inconnu dans une base perdue, à l'autre bout du système solaire ?
Norstrand se raidit :

– Qu'est-ce que tu sous-entends par là ? Que je ne mérite pas mon poste ?
– À ton avis, pourquoi un junior avec juste quelques mois de service est-il tout à coup promu lieutenant dans le corps d'élite du gouverneur ?
– Cette question ! Ils m'ont repéré ! J'ai prouvé ma valeur !
Dina éclata de rire :
– Norstrand, ne le prends pas mal, mais tu es naïf.
– J'ai fait mes preuves ! répéta le jeune homme avec véhémence. Qu'est-ce que tu crois ?
– Eh bien, je crois qu'on est allé te chercher là-bas pour te placer à mes côtés. Ils savent qu'on a été proches pendant notre formation.
– Pourquoi auraient-ils fait ça ?
– Pour garder un œil sur moi, indirectement…
– Tu veux dire qu'ils se servent de moi ? demanda Norstrand, choqué.
– Oui. Sans le savoir, tu es leur meilleur système de sécurité : grâce à toi, ils savent en permanence où je suis.
– Pas du tout ! Je croise Quaz de temps en temps dans les couloirs, c'est tout ! On se dit à peine bonjour…
– Il y a une chose que tu ignores : Quaz n'a pas besoin de te parler pour savoir ce que tu penses !

– Qu’est-ce que tu veux dire ? demanda Norstrand en ouvrant de grands yeux.
– Quaz lit dans les esprits comme dans un livre ouvert.
– C’est impossible !
– Tu peux penser ce que tu veux, je t’aurais prévenu. Et j’irai à Riga. Je dois savoir pourquoi ils me tournent autour. De toute manière, refuse-t-on une invitation du gouverneur ?
Norstrand baissa la tête.
– Non, reconnut-il d’une voix morne.
Puis il partit attendre dans l’aéroglisseur que la jeune fille ait fini de se préparer.
Quand elle arriva, vêtue d’une combinaison immaculée, ses longs cheveux blancs flottant autour de sa silhouette élancée, le jeune homme sentit son cœur bondir dans sa poitrine.
Comme Dina allait monter dans l’appareil, il la retint par le bras et, sans un mot, il l’embrassa. C’était un baiser très tendre, très doux. Le pouls de Dina s’accéléra. Résistant à l’émotion qui la submergeait, elle repoussa Norstrand :
– Qu’est-ce qui te prend ?
– C’est pour me porter chance, dit simplement le jeune homme avant de contourner l’aéroglisseur pour gagner sa place.

Dina, les jambes flageolantes, dut se cramponner à l'appareil pour y monter.
– Norstrand…, murmura-t-elle en s'asseyant près de lui. Pourquoi tu as fait ça ?
– Je te l'ai dit ! grommela-t-il. Pour me porter chance. Je ne sais pas ce qu'on va trouver à Riga. Tout ce que tu m'as raconté ces derniers jours sur tes visions, ces pirates…
S'interrompant, il se tourna vers la jeune fille :
– Tu me plais, Dina. Tu me plais énormément, tu le sais…
Dina tira Norstrand à elle et lui rendit son baiser.
– Tu me crois, n'est-ce pas ? souffla-t-elle. Tu ne me prends pas pour une folle, comme les autres ?
– Je te crois, répondit-il gravement. Moi aussi, je suis fou. De toi.
Et, comme leurs regards ne se quittaient pas, Norstrand vit des galaxies tournoyer dans les yeux verts de Dina. Il sut alors que, pour elle, il irait au bout de l'univers.
Il se redressa et lança la turbine de l'aéroglisseur.
– J'ai du mal à comprendre, mais je choisis de te faire confiance. Cap sur Riga ! Même si j'ai l'impression d'aller fourrer ma tête dans la gueule d'un lion.

Chapitre 11

Dina resta plongée dans ses pensées pendant une partie du voyage, puis elle sombra dans le sommeil. Norstrand la réveilla trois heures plus tard, lorsqu'ils arrivèrent en vue du palais du gouvernement. Bâtie au sommet d'une colline surplombant la capitale, c'était une folie architecturale de verre et d'acier.

Un aéroglisseur frappé des armoiries du gouverneur les intercepta : ils pénétraient dans une zone de sécurité. Après vérification de leur identité, ils eurent l'autorisation de se poser sur l'aéroport privé du gouverneur, situé sur le toit du palais.

Deux gardes en uniforme d'apparat les escortèrent jusqu'aux salons de réception à travers un dédale de couloirs.

Avec un salut très protocolaire, les gardes les laissèrent à l'entrée d'une salle immense, dont le luxe les stupéfia. Une foule rutilante s'y pressait. Les hommes du gouverneur, en combinaison marron, se mêlaient aux invités. Dina se sentit un peu misérable, dans sa simple tenue blanche, au milieu de ces femmes vêtues de robes excentriques et couvertes de bijoux étincelants. « Je ne suis pas venue ici pour briller ! » se rassura-t-elle aussitôt.

Une voix chaleureuse se détacha sur le brouhaha de la musique et des conversations :

– Bienvenue à Dina Scott !

Norstrand et la jeune fille se retournèrent. L'homme qui les saluait portait un long manteau marron sans manches, passé par-dessus une ample toge de soie bleue. Il devait avoir plus de soixante-dix ans, mais ses yeux vifs luisaient comme deux billes d'acier noir dans son visage décharné. L'homme eut un sourire avenant :

– Bonsoir, Dina. C'est un honneur pour moi de rencontrer enfin la fille d'Aldrin Scott.

Dina lui lança un regard interrogateur.

– Je suis Leynd, expliqua-t-il. Un conseiller du gouverneur.

– Bonsoir, Leynd. Voici Norstrand Elinborg.

– Enchanté, mon jeune ami.

Leynd se pencha pour parler à l'oreille de la jeune fille :

– Je suis heureux de voir que ta mémoire a résisté à l'effacement. Tu es notre seul espoir !
Dina sursauta. Ce visage, cette voix... Ils lui semblaient familiers.
– Comment savez-vous, pour l'effacement ? souffla-t-elle à son tour à l'oreille du conseiller.
– Je ne peux en dire plus. Pas ici.
Leynd indiqua Norstrand d'un mouvement des yeux.
Dina sourit :
– Vous pouvez avoir confiance en lui.
– Alors, suivez-moi. Nous serons plus tranquilles sur le toit du palais.
À cet instant, une exclamation retentit :
– Mais c'est Dina Scott en personne !
Une rumeur admirative s'éleva. Dina fit volte-face et vit approcher le gouverneur Wyll Farr, entouré d'une suite bigarrée de courtisans.
– Gouverneur, dit la jeune fille en penchant légèrement la tête. Je vous remercie de votre invitation.
– Votre présence est un honneur pour moi !
Les courtisans se pressaient déjà autour de la jeune fille. Une femme tendit la main vers sa chevelure blanche.
– Ces cheveux, ma chère ! s'exclama-t-elle. Quelle perruque originale !

Dina lui jeta un regard mauvais et la femme recula, décontenancée.
– Qu'est-ce que… ? Mais… ils bougent !
– Madame a pris un cocktail de trop ! répliqua Dina avec un sourire moqueur.
Elle avait volontairement laissé sa chevelure s'agiter, comme soulevée par un brusque coup de vent, sans savoir d'où lui venait cette étrange capacité, qu'elle commençait à maîtriser.
Offusquée par l'insolence de la jeune inconnue, la courtisane se tourna vers Wyll Farr, comme pour le prendre à témoin. Mais celui-ci éclata de rire. Son entourage l'imita. L'incident était clos.
– Je suis ravi, mademoiselle, reprit le gouverneur. Ce n'est pas tous les jours que la Terre accueille une personnalité comme la fille du célèbre Aldrin Scott !
La nouvelle se répandit aussitôt dans la salle : « La fille d'Aldrin Scott est là ! » Le cercle de courtisans applaudit servilement.
– Aurais-je pu refuser pareille invitation ? demanda Dina avec malice.
Elle ressentit alors une impression étrange : comme si quelqu'un, juste derrière elle, l'observait intensément. Elle se retourna et ne vit que la foule des curieux. Puis elle comprit : Quaz ne devait pas être loin. Elle

venait de capter une manifestation de son esprit. Elle finit par l'apercevoir, un peu en retrait, derrière les courtisans. C'était la première fois qu'ils se croisaient depuis l'effacement sur le Solskin. L'esprit de Quaz cherchait à pénétrer ses pensées. Il voulait la sonder… Dina le laissa faire.

L'agent avait probablement eu vent de ses délires à bord du Solskin. Dina s'était préparée à cette éventualité : elle avait profité de ses matinées à Lhassa pour se constituer un paysage mental destiné à tromper toute intrusion, une barrière faite de son affection grandissante pour Norstrand, de sa solitude à Lhassa, ainsi que d'un mélange de rêves adolescents d'aventures et de gloire dans les étoiles.

L'esprit de Quaz se retira très vite, rassuré par ce qu'il avait trouvé : la jeune fille avait tout oublié de ses précédentes aventures. Il n'y avait plus trace de l'étrange force qu'elle avait manifestée jusque-là.

Dina avait gagné ! Mais elle ne se réjouit pas pour autant. Elle devait rester concentrée et ne jamais baisser sa garde : Quaz pouvait revenir n'importe quand.

Tout cela n'avait duré qu'un bref instant. Wyll Farr continuait de s'adresser à la fille d'Aldrin Scott :

– Je vois que vous avez déjà fait connaissance avec

notre cher conseiller Leynd. Saviez-vous qu'il a été un compagnon d'équipage de votre père ?
– Non, vous me l'apprenez.
Leynd s'inclina avec un sourire modeste, presque timide :
– Oh, je n'étais qu'un simple messager.
Ce mot résonna dans la mémoire de Dina : le visage sur le visioscope du cargo pirate ! Leynd était le messager de Callisto ! Comment ne l'avait-elle pas reconnu ? L'image le montrait plus jeune, mais c'était bien lui !
À cet instant, Wyll Farr frappa deux fois dans ses mains.
– Maintenant, laissez-nous ! ordonna-t-il.
Les courtisans s'éloignèrent aussitôt. Se tournant vers la jeune fille, le gouverneur proposa aimablement :
– Chère Dina, venez avec moi. Je vais vous montrer un petit salon que j'affectionne particulièrement.
Elle le suivit, impatiente d'en savoir plus, mais saisie d'une légère appréhension. Que voulait-il lui dire qui soit à ce point secret ?
Elle vit alors que l'agent Quaz leur emboîtait le pas.
Les paroles énigmatiques de Leynd lui revinrent en mémoire : « Tu es notre seul espoir. »
La partie s'annonçait serrée !

Chapitre 12

Ils entrèrent dans un petit salon, décoré de fresques représentant les moments glorieux de l'histoire de l'humanité.

Le gouverneur se laissa tomber dans un profond fauteuil, sous la « Conquête de Mars ». Il fit signe à Dina de s'asseoir en face de lui, tandis que Quaz restait debout derrière elle. Dina s'assit sans prêter attention à l'agent : depuis son effacement, elle n'était plus censée le connaître. Elle s'en voulait d'avoir parlé de ses souvenirs à Grant et à l'équipage du Solskin. Il lui fallait maintenant persuader ces deux hommes qu'elle n'avait rien gardé en mémoire des derniers évènements.

Wyll Farr entra tout de suite dans le vif du sujet :

– J'ai lu votre dossier, Dina Scott. Racontez-moi ce qui s'est passé avant l'effacement…

– Que voulez-vous dire ?

Wyll Farr haussa les sourcils :

– N'avez-vous pas dit à l'équipage du Solskin que vous aviez « d'étranges souvenirs » ?
– C'est vrai. J'ai traversé une période difficile… Je délirais, et je confondais mes rêves avec la réalité…
– Vraiment ?
– Il semble que j'ai vécu un événement traumatisant. C'est pourquoi le capitaine Grant m'a fait admettre au centre de Lhassa.
Wyll Farr scruta la jeune fille d'un œil inquisiteur :
– De quoi vous souvenez-vous, exactement ?
– Je me souviens de mon enfance, de l'école des Cadets d'Armstrong, de mon affectation dans l'équipage de Jason Grant…
– Et des pirates ?
– Oh, les pirates… J'ai dû mélanger en rêve des histoires que m'a racontées Billings, et les récits des combats de Grant…
Le gouverneur échangea un regard vers Quaz. Ce dernier approuva d'un signe de tête. Le gouverneur eut l'air presque déçu.
– Admettons que vous disiez la vérité ! Répondez maintenant à cette question : pourquoi avez-vous pénétré dans les archives gouvernementales ?
– Je ne m'en souviens pas…
– Réfléchissez. Que pouviez-vous bien y chercher ?

– Des renseignements sur mon père, je suppose, répondit la jeune fille d'une voix hésitante. Oui, ça doit être ça…

Wyll Farr poursuivit son interrogatoire. Dina, tendue, sentait l'esprit de Quaz à l'affût de la moindre faille. Finalement, Wyll Farr s'adressa à son agent :

– Ton avis, Quaz ?

– Je pense que la fille Scott dit vrai, répondit celui-ci. Son cerveau a un peu souffert, mais l'opération a bien marché.

Wyll Farr eut un grand sourire triomphant :

– Parfait ! Il est temps pour moi de rejoindre mes invités. Jeune fille, vous pouvez repartir pour Lhassa !

Le gouverneur sortit de la pièce, et Quaz lui emboîta le pas. Au moment de franchir la porte, l'agent se retourna avec un sourire mauvais :

– Toi, je t'ai à l'œil !

Norstrand, qui attendait dans le corridor, se précipita vers Dina :

– Tout va bien ?

– Ça va, mais ne traînons pas ici.

Ils remontèrent en hâte le dédale des couloirs pour regagner leur aéroglisseur.

– Et Quaz ?

– Je crois que j'ai réussi à donner le change. Cela dit, il a très bien pu cacher son jeu pour mieux me piéger par la suite.
– Enfin, que cherchent-ils ? demanda Norstrand. Qu'es-tu censée savoir qui leur fait tellement peur ?
– Je n'en ai qu'une vague idée. Mais ça touche aux relations entre les pirates, mon père disparu et cette mystérieuse race non humaine. Le gouvernement cherche à cacher quelque chose à ce sujet.
– Psst !
Dina et Norstrand se figèrent, paralysés par la peur. Leurs propos avaient-ils été surpris ?
Un homme surgit de l'ombre. C'était Leynd.
– Nous devons parler. Demain, au chalet du lac de Tengri Nor, à quinze heures.
– Où est-ce ?
Leynd ne répondit pas. Son corps se mit à onduler comme un voilage dans le vent, et il disparut.
Norstrand ramassa sur le sol un petit boîtier noir.
– Communication holographique à distance, expliqua-t-il.
– Le messager de Callisto ! murmura Dina. J'ai hâte d'entendre ce qu'il veut me révéler…

Chapitre 13

Le personnel du centre de Lhassa s'était habitué aux visites du jeune lieutenant Elinborg, bien qu'il ne respectât pas les horaires. La plupart des aides-soignantes s'étaient même prises d'affection pour le couple qu'il formait avec la patiente Dina Scott. Bien sûr, elles étaient loin de s'imaginer quelles interrogations occupaient l'esprit de Dina ces derniers temps !

Quand Norstrand vint la chercher largement avant l'heure de sortie autorisée, personne ne s'en inquiéta. Les jeunes gens prévinrent qu'ils seraient de retour à l'heure du repas, comme les autres soirs.

Lorsque l'aéroglisseur s'éleva, Dina eut toutefois le pressentiment qu'elle voyait cette ville pour la dernière fois. Les ruines de l'ancien palais bouddhiste semblaient flamber dans le haut soleil de midi. La journée s'annonçait radieuse.

Norstrand avait étudié un plan de la région. Tengri

Nor n'était pas loin de Lhassa ; à peine une demi-heure de vol. Remarquant que le jeune homme se frottait les yeux à plusieurs reprises, Dina s'inquiéta :
– Ça ne va pas ?
– Ce n'est rien. Un léger mal de tête et un peu de fatigue visuelle. Ça va passer.
– Tu veux que je te remplace aux commandes ?
– D'accord.
Norstrand expliqua à Dina le maniement des instruments de bord, et la jeune fille eut rapidement l'aéroglisseur bien en main.
Quand ils arrivèrent en vue d'un grand lac, au creux d'un cirque montagneux, Norstrand consulta le positionneur géographique :
– Nous y sommes. C'est le lac de Tengri Nor.
Dina descendit en effectuant de larges cercles, à la recherche de leur lieu de rendez-vous.
– Là ! dit soudain Norstrand. Un petit cabanon... Tu crois que c'est notre chalet ?
– Allons voir.
La jeune pilote posa l'aéroglisseur à la lisière de la forêt. Elle coupa la turbine et sortit. Le temps était frais, et une brise légère agitait les sapins. Le chalet était un bâtiment en rondins, d'un seul étage, avec un appentis sur la gauche.

– Je ne vois pas d'autre appareil, constata Norstrand en la rejoignant. Nous sommes les premiers.
À cet instant, la porte du chalet s'ouvrit, et Leynd sortit à leur rencontre. Il portait la combinaison noire des sections d'intervention.
– Bonjour, mes amis.
– Bonjour, Conseiller, le salua Norstrand, se mettant au garde-à-vous.
– Repos, lieutenant, répondit le vieil homme, amusé. Appelez-moi simplement Leynd. Dina, je suis content que vous ayez pu venir.
– C'est vraiment un coin tranquille !
Leynd sourit :
– Tranquille, si on veut. On est à portée de n'importe quoi, avec ces engins, ajouta-t-il en désignant l'aéroglisseur.
– Expliquez-nous…, commença Dina.
– Rentrez d'abord votre appareil ici, la coupa Leynd.
Il ouvrit l'appentis. Norstrand y fit entrer l'engin et le vieux conseiller referma la double porte derrière eux.
– Maintenant, vous allez laisser dans la maison tout objet repérable par un détecteur. Je me méfie de Wyll Farr et de Quaz.
Dina et Norstrand s'exécutèrent sans discuter. En

dernier lieu, Norstrand sortit une arme de sa ceinture et la posa sur la table.
– Tu es armé, Norstrand ? s'étonna Dina. Depuis quand ?
– Depuis toujours. Tous les hommes du gouverneur sont armés.
– C'est inutile, croyez-moi, dit Leynd. Bien, vous êtes prêts ? Suivez-moi.
– Où allons-nous ? demanda Norstrand.
– Là où nous pourrons discuter tranquillement.
Le vieil homme sortit, Dina et Norstrand sur ses talons. Derrière le chalet, ils découvrirent un enclos où paissaient trois énormes quadrupèdes.
– Des chevaux ! s'écria Dina, fascinée. Il en existe encore !
– Ne perdons pas de temps, les pressa Leynd. En selle !
– Quoi ? Vous voulez nous faire monter là-dessus ? objecta Norstrand. Pourquoi on ne prend pas l'aéroglisseur ?
– Vous tenez à ce que Quaz nous retrouve ? Il sait probablement déjà que vous avez atterri à Tengri Nor.
Leynd flatta l'encolure de son cheval :
– Avec ce moyen de transport, il n'y a jamais de problème de puce électronique !

Norstrand dévisageait Leynd en serrant les dents, et Dina fut surprise par sa nervosité. Le vaillant lieutenant Elinborg avait-il peur de ces animaux ?
Le vieil homme leur donna quelques indications pour qu'ils arrivent à se tenir en selle. Puis il talonna sa monture. Les deux autres chevaux suivirent tranquillement.

Chapitre 14

Le sentier grimpait entre de grands blocs de roche grise, longeant parfois un torrent impétueux. Au fur et à mesure qu'ils montaient, les arbres se raréfièrent, puis disparurent.

– C'est encore loin ? s'inquiéta Dina. Il va faire nuit !

– On y est presque, répondit Leynd. Courage…

À la différence des deux jeunes gens, raides et crispés, le vieux conseiller était très à l'aise sur sa monture.

Quand le jour tomba, ils arrivèrent dans un cirque entouré de hautes parois rocheuses. Au pied d'une cascade se trouvait un petit abri de bois, appuyé contre le roc.

Les trois cavaliers mirent pied à terre.

– C'est sûr, personne ne viendra nous chercher ici ! remarqua Norstrand en massant ses cuisses endolories.

Leynd entra dans l'abri. C'était une construction grossièrement taillée dans la roche, avec une façade de rondins. Une cheminée, une table en bois et quatre tabourets, ainsi qu'une armoire rustique, meublaient l'unique pièce. Leynd s'affaira un moment devant le foyer, et bientôt de belles flammes oranges s'élevèrent des bûches crépitantes.

– C'est du vrai bois ? s'étonna Dina. Je croyais qu'il était interdit d'en brûler !

– Ça l'est, répondit Leynd en souriant. Mais c'est tellement bon !

Le conseilleur désigna un tabouret à Dina et s'assit en face d'elle.

– Bien. Je vais te dire pourquoi je tenais tant à rencontrer la jeune Dina Scott.

La jeune fille se pencha en avant, concentrée, attendant les révélations du messager de Callisto. Elle fit signe à Norstrand de venir s'installer à côté.

Celui-ci mit un certain temps à réagir. Enfin, il s'approcha, avec une démarche d'automate. Dina ne s'en inquiéta pas, mettant cette raideur sur le compte de la chevauchée.

– Comme tu l'as déjà appris, commença Leynd, l'Alliance connaît l'existence des Xhuits depuis bien des années.

– Les Ksui ?

– Les Xhuits. C'est le nom de cette race non humaine.

Bien avant que ton père disparût, une collaboration entre les humains et les Xhuits avait été entreprise par le gouverneur Durand. Mais les conservateurs y ont mis fin, effrayés par les progrès effectués. Le gouverneur Durand est mort, et le capitaine Aldrin Scott est devenu une légende.

– Comment a-t-il disparu ?

– Ton père n'a pas disparu. Quelqu'un a été chargé de l'éliminer. Quaz.

– Quaz !

– Aldrin a réussi à lui échapper, et il a aussitôt quitté l'Alliance. Il a alors créé la résistance rebelle, en association avec les Xhuits !

– Incroyable..., murmura Dina. Les pirates sont donc des non-humains !

– Voilà la vérité. Voilà ce que le gouvernement cache à l'opinion publique. Dans la version officielle, on a préféré faire d'Aldrin Scott un héros, mort au cours d'une mission de prospection sur Titan.

– Et personne n'a protesté ? s'étonna Dina. Des gens comme vous, par exemple...

– Nous n'avons pas eu le temps. Les Conservateurs se sont emparés du pouvoir. Wyll Farr s'est fait élire gouverneur, et Quaz est devenu son bras droit.

– Tu entends ça, Norstrand ! souffla la jeune fille.

Il tourna lentement vers elle un regard vide, des yeux d'une étrange fixité. Dina eut peur :

– Norstrand ? Ça va ?

Chapitre 15

Le jeune homme grimaça un sourire :

– Ça va… Un peu de fatigue, ce n'est rien. Continuez, Leynd…

Leynd fronça les sourcils, hésita, puis reprit :

– Quant à toi, Dina, tu es prédestinée.

– Tout le monde est prédestiné, sur l'Alliance…

– C'est différent. Beaucoup de choses dépendent de toi. Mais il est encore trop tôt. Ton évolution n'est pas terminée.

– Mon évolution ? Alors, tout ce que je ressens depuis des mois, mes visions, tout cela est normal ?

– D'une certaine manière, oui. C'est un long processus, qui touche tout ton être. Et lorsque tu seras vraiment toi-même, la Renaissance pourra s'accomplir.

– La Renaissance ? Qu'est-ce que c'est ?

– C'est le projet de ton père, mené en collaboration avec les Xhuits.

Dina resta un moment silencieuse, abasourdie par ce qu'elle venait d'entendre.
– Il faut révéler ça ! s'écria-t-elle enfin. Il faut que tout le monde connaisse la vérité !
– Non, rétorqua Leynd. Il est trop tôt. Le mouvement des Conservateurs au sein de l'Alliance est trop puissant. Ils t'élimineraient sur-le-champ, comme ils ont éliminé le gouverneur Durand il y a dix ans, comme ils ont tenté d'éliminer ton père. Mais sache que déjà, sans le vouloir, tu leur as révélé beaucoup de choses.
– Comment ça ?
– Ils suivent de près tes recherches. Ils découvrent en même temps que toi. Ils comptent sur toi pour retrouver ton père. Ils veulent supprimer les pirates et cette race non humaine…
– Quelle horreur ! murmura Dina, abattue.
Ainsi, tous ses faits et gestes avaient été surveillés ! Elle devait donc apprendre à tout dissimuler.
– Leynd, où se trouve mon père ?
– Je ne sais pas. Et même si je le savais, je ne te le dirais pas. Sa survie est primordiale, autant que la tienne.
– Et qu'est-ce que je dois faire ? demanda la jeune fille.
– Pour l'instant, attendre. Dans le système solaire,

la résistance est en train de s'organiser. Les pirates n'en sont que la manifestation la plus visible. Volontairement : cela occupe l'Alliance et les vaisseaux d'exploration.

– Comme le Solskin…

– Exactement. Les attaques de convois sont des diversions. Pendant ce temps, des mouvements clandestins se mettent en place sur chaque planète. Sur la Terre, mais aussi sur la Lune et sur Mars. L'heure de se manifester approche pour nous tous. Tu dois être patiente.

– Quel est le but des pirates et de ces non-humains ? demanda alors Norstrand d'une voix saccadée. Renverser le gouvernement ?

– Je ne crois pas, répondit le conseiller. Ils cherchent plutôt une façon de vivre en bonne intelligence avec les humains.

– Qui sont ces Xhuits ? À quoi ressemblent-ils ? D'où viennent-ils ?

Norstrand avait posé ces questions d'une voix si tendue que Leynd lui lança un regard suspicieux.

– Il est trop tôt pour répondre, déclara le conseiller.

– Qui est au courant, maintenant, à part nous trois ? demanda alors Dina.

Leynd réfléchit un instant :

– Je pense que Wyll Farr est au courant. Farr était un des conseillers de Durand…
– Dites-moi, conseiller Leynd, coupa soudain Dina. Quel est votre rôle dans cette affaire ? Pourquoi rester dans l'ombre ? Est-ce que je peux vous faire confiance ? Qui me dit que vous n'êtes pas un agent de Wyll Farr ? Ce rendez-vous serait alors un piège…
Le vieil homme sourit, amusé :
– Crois-tu que je perdrais mon temps à te raconter tout ça ? Si Quaz voulait t'éliminer, il t'aurait fait empoisonner à Lhassa !
– Donc, Quaz ne sait rien…
– Disons qu'il n'en sait pas assez…
Brusquement, Leynd pointa le doigt sur Norstrand :
– Que lui arrive-t-il ?
Dina regarda son ami : il avait renversé la tête, on ne voyait plus que le blanc de ses yeux révulsés.
– Je… je ne sais pas ! bégaya-t-elle. Pendant le voyage, il s'est plaint de maux de tête…
Pris d'une soudaine intuition, Leynd se précipita vers l'armoire et l'ouvrit : les battants de bois brut dissimulaient un équipement de communication ultra-perfectionné. Leynd alluma un écran radar et laissa échapper un juron :
– Trop tard ! Ils sont là.

Chapitre 16

Une pluie de projectiles d'acier s'abattit sur le chalet dans un fracas de cataclysme. On leur tirait dessus ! Des éclats de bois volaient partout dans la pièce.

Dina plongea sur Norstrand et roula à terre avec lui :

– Leynd ! Qu'est-ce qu'on fait ?

– On se met d'abord à l'abri.

Le vieux conseiller sortit de sa poche un boîtier de télécommande. Des panneaux d'acier tombèrent comme des couperets, occultant toute la façade. Les balles claquèrent contre le métal. Consultant ses écrans d'un coup d'œil, Leynd déclara :

– Ils sont une dizaine.

– Des hommes de Quaz ?

– Je ne crois pas que Quaz prendrait un tel risque. D'après le radar, ce sont des robots tueurs.

– Des robots tueurs ? Mais comment ont-ils pu nous localiser ?

Montrant Norstrand, Leynd haussa les épaules :
– Ce n'était pas difficile de suivre l'aéroglisseur de notre jeune ami.
– Mais les chevaux…
– Oui… Là, je ne comprends plus.
Une forte odeur de brûlé commençait à envahir la pièce.
– Les robots sont en train de découper les parois. Il faut les neutraliser.
– Mais comment ?
– Je ne connais qu'un seul moyen : droit dans le mille.
Le conseiller avait sorti de l'armoire deux armes de métal noir.
– Ces fusils lancent des charges magnétiques. Il suffit de toucher les robots, ça bousille leur électronique… Aide-moi, il faut mettre ce garçon à l'abri.
Leynd souleva Norstrand sous les bras, et Dina lui saisit les jambes. Le conseiller utilisa de nouveau son boîtier de télécommande. Une porte camouflée, doublée de titane, s'ouvrit dans la roche. Derrière, un boyau sombre s'enfonçait dans la paroi.
– La sortie de secours, expliqua Leynd. Elle débouche un peu plus loin, sur le côté de l'abri.
– Vous aviez tout prévu, observa Dina.
– Comment crois-tu que j'ai pu fêter mes soixante-dix-sept ans ?

Ils posèrent Norstrand à terre. La porte blindée se referma derrière eux, les plongeant dans l'obscurité. Aussitôt des veilleuses s'allumèrent le long du conduit taillé dans la roche, leur indiquant le chemin.

– Allons-y. Et, dès que nous sortons, feu à volonté !

Leynd prit les devants, et, arrivé au bout du long couloir, il actionna un panneau. Dina sentit une bouffée d'air frais lui caresser le visage. Dehors, il faisait nuit noire. Mais les étincelles des lasers de découpe se reflétaient sur les robots, d'apparence humanoïde.

– Il y en a sept, compta Leynd.

Pour Dina, ce qui se passa ensuite avait toutes les apparences d'un jeu vidéo. Les armes envoyaient leurs capsules magnétiques. Les robots touchés subissaient un court-circuit fulgurant, puis retombaient au sol, inertes. Ils avaient été programmés pour une tâche précise, et, avant que l'un d'eux ait compris l'origine de la menace, cinq robots avaient été mis hors d'usage. Les deux derniers se retournèrent contre leurs agresseurs, mais ils furent éliminés comme les précédents.

– Et voilà, commenta Leynd. Les machines sont toujours plus stupides que nous. C'est ce qui nous sauve.

Dina regardait tour à tour son arme et les carcasses métalliques, espérant n'avoir jamais à viser un être vivant. Mais elle savait que, dorénavant, elle allait

devoir se battre. Et elle sentit en elle un grand calme : elle était prête.
– Comment ces robots ont-ils retrouvé notre trace ? demanda-t-elle.
– Je ne sais pas. Il faut s'attendre à recevoir maintenant la visite d'un groupe d'assaut.
– Quoi ? s'écria Dina, affolée.
La nuit était noire, sans lune. La jeune fille leva les yeux. Et, en voyant de la voûte étoilée, elle fut envahie par une émotion inconnue.
– Que c'est beau…, plus beau que sur Mars. Pourquoi ?
– Je regarde les étoiles chaque soir, et je n'ai toujours pas trouvé de réponse. Peut-être parce que la Terre est notre véritable maison.
– Attention, Leynd ! s'efforça de plaisanter Dina. Pour un peu, on vous croirait du côté des Conservateurs !
À cet instant, un grondement s'éleva, des projecteurs trouèrent la nuit.
– Bon sang ! s'écria Leynd. Ils n'ont pas perdu de temps !
Le grondement devint un rugissement. Et trois transporteurs de troupe basculèrent par-dessus la montagne, fondant droit sur le chalet.

Chapitre 17

Dina et le conseiller se précipitèrent dans le conduit et refirent le chemin en sens inverse. La porte de secours était ouverte ! Leynd s'arrêta, méfiant, mais Dina s'élança dans la pièce en appelant :
– Norstrand ! Norstrand ! Nous sommes attaqués !
Le jeune homme, assis devant la cheminée, remuait tranquillement les braises avec un tisonnier.
– Oui, les troupes sont arrivées, répondit-il sans même se retourner.
Dina se figea, étonnée. Que signifiait cette impassibilité ?
– On dirait que ton malaise est passé...
– Ça va mieux.
Leynd se dirigea vers l'armoire. Il poussa un juron : son équipement avait été réduit en bouillie.
– Dina, écarte-toi ! cria-t-il. Ce n'est pas Norstrand !
Elle se tourna vers Leynd, sidérée.

– Il a détruit le matériel de communication, reprit le vieil homme. Et comment a-t-il ouvert la porte de secours ? Il n'avait pas le code. Je t'en prie, ne t'approche pas de lui.
À cet instant, des coups furent frappés contre la paroi. Une voix autoritaire ordonna :
– Par ordre du gouverneur Farr, rendez-vous !
Norstrand se releva lentement :
– Je crois que c'est la meilleure chose à faire…
Dina le regardait, pétrifiée.
– Dina ! cria Leynd. Pour la dernière fois, éloigne-toi de lui ! N'oublie pas ta mission !
Norstrand avait enlacé la jeune fille et lui murmurait à l'oreille :
– N'aie pas peur, je suis lieutenant du gouvernement. Avec moi, tu n'as rien à craindre.
– Ne l'écoute pas ! cria le conseiller.
Quand la bouche de Norstrand toucha celle de Dina, elle perçut une autre présence et se troubla. « Je suis là, ma très chère… » dit une voix dans sa tête.
Quaz ! C'était Quaz qu'elle embrassait ! Quaz avait pris possession de l'esprit de Norstrand ! Elle le repoussa avec horreur, se débattit pour se libérer. Elle revoyait tous les signes : Norstrand qui se frottait les yeux dans l'aéroglisseur, son mal de tête, son étrange

attitude ! Telle était l'effroyable ruse de Quaz : il savait que Dina ne se méfierait jamais de l'homme qu'elle aimait. « C'est exact ! » ricana dans sa tête la voix de Quaz.
Leynd avait pointé son arme sur le jeune homme.
– Dina ! Éloigne-toi !
Une détonation lui répondit. Sans relâcher son étreinte sur Dina, Norstrand avait sorti une arme de sa ceinture et avait tiré. Le vieil homme s'écroula, touché en pleine poitrine.
C'en était trop pour Dina. Elle sentit grandir en elle une boule de rage et la libéra dans un hurlement. Norstrand fut projeté contre le mur, à trois mètres de là. Sa tête heurta violemment le bois, et il tomba sur le sol, sans connaissance.
À l'extérieur, les troupes reprenaient le travail commencé par les robots. Avec des lasers de découpe, ils perçaient une ouverture dans les plaques de protection. Une forte odeur remplit la pièce, et les murs se mirent à fumer. Encore quelques minutes, et les assaillants pourraient entrer.
Dina s'agenouilla près de Leynd. Le vieux conseiller agonisait, une plaie béante au milieu de la poitrine.
– Leynd…, murmura la jeune fille, effondrée.
– Sauve-toi, Dina, dit le vieil homme dans un râle.

C'est fini pour moi. Pars vite. Tu dois rester en vie. D'un regard, Leynd lui indiqua sa main droite. Dina reconnut l'objet qu'il tenait : le boîtier de télécommande.

– Profite de l'explosion pour t'enfuir.

Un pan de mur s'effondra, et des fragments de bois et de métal s'éparpillèrent dans la pièce. Dina comprit qu'elle n'avait plus que quelques secondes. Elle courut vers Norstrand, toujours sans connaissance. Elle ne pouvait se résoudre à le laisser là. Ce n'était pas lui qui avait commis ce meurtre, c'était Quaz. Elle le prit sous les bras et le traîna vers la sortie de secours.

À cet instant, le premier soldat de l'Alliance fit irruption dans le chalet. L'homme casqué la mit en joue. Dina savait qu'il n'hésiterait pas à tirer.

Chapitre 18

La jeune fille se redressa, tendit la main et libéra une violente vague d'énergie blanche. Le soldat fut projeté en arrière, et il s'effondra comme un pantin désarticulé.
Sans perdre une seconde, Dina prit Norstrand sous les bras et l'aida à passer dans le couloir. La lourde porte se referma derrière eux. Elle ne percevait plus la présence de Quaz ; l'agent avait quitté l'esprit du jeune lieutenant.
Le garçon s'affala de nouveau, glissant contre la paroi.
– Norstrand, lève-toi ! dit-elle en le secouant.
Il gémit, émergeant lentement de sa torpeur.
– Que s'est-il passé ?
– Je t'expliquerai plus tard, si on est toujours en vie. Viens !
Elle l'obligea à se mettre debout et le soutint, chancelant, jusqu'au bout du conduit. Le panneau coulissa, et Dina sentit l'air frais sur son visage.

Elle voyait les trois transporteurs posés à une bonne distance de l'abri, tandis que les soldats se préparaient à donner l'assaut. Soudain, des cris s'élevèrent parmi eux. Il y eut un instant de panique, une bousculade. Et une énorme explosion souffla l'abri. La bombe de Leynd avait fonctionné ! Des projections enflammées volèrent de tous côtés. Un bloc de bois fracassa le cockpit d'un des transporteurs, qui s'embrasa.
– Maintenant ! cria Dina. C'est notre seule chance !
Elle se mit à courir vers le transporteur le plus proche en entraînant Norstrand.
Le pilote, debout devant l'appareil, ouvrit de grands yeux en voyant surgir de nulle part cette jeune fille vêtue de blanc à la longue chevelure lunaire. Il n'eut pas le temps d'esquisser un geste : il s'effondra, fauché par une vague invisible.

Dina prit son ami sous les bras et l'aida à monter dans le transporteur. Des soldats survivants les aperçurent et ouvrirent le feu. Les projectiles frappèrent la carlingue avec des claquements secs. La jeune fille s'installa aux commandes et démarra, bénissant les heures passées à Armstrong à piloter toutes sortes d'engins !
Elle mit les gaz à fond. L'aéroglisseur bondit.
Debout devant le chalet embrasé, les soldats regar-

dèrent, médusés, l'appareil passer au-dessus de leurs têtes. Puis ils s'élancèrent vers le troisième et dernier transporteur.
La chasse commençait.

L'engin fonçait à toute vitesse, survolant les pics escarpés des Montagnes Bleues. Norstrand était de nouveau lui-même, mais les effets de cette étrange possession l'avaient vidé de toutes ses forces. La tête appuyée contre la portière, il regardait le paysage s'enfuir sous eux.
– Il faut trouver un lieu où se cacher ! cria Dina. Mais où ?
– Lucknow…
– Quoi, Lucknow ? Qui c'est ?
– Lucknow, à l'ouest. Spatioport, là-bas…
– Pourquoi un spatioport ?
Norstrand ne répondit pas. Épuisé, il s'était endormi. Dina repéra sur l'écran l'emplacement de Lucknow, le seul spatioport de la région. Elle vira de bord et plongea dans un défilé entre les sommets enneigés. Elle comprit le plan de Norstrand : le seul moyen d'échapper à l'agent du gouvernement était de quitter rapidement la Terre. Dina vola pleins gaz pendant une vingtaine de minutes sans remarquer le moindre signe

de leurs poursuivants.
– Où sommes nous ? demanda Norstrand, qui émergeait progressivement de sa torpeur.
– Nous arrivons à Lucknow.
– Bien, dit-il d'une voix pâteuse. Maintenant, il faut trouver un vaisseau. Pour la Lune ou pour Mars.
Dina savait que le temps leur était compté. Les soldats avaient sûrement prévenu leurs supérieurs, et les fugitifs auraient vite un croiseur de l'Alliance aux trousses.
Dina posa le transporteur. La chance semblait être avec eux, car deux navettes attendaient sur la piste du spatioport. Ils allaient pouvoir gagner une station orbitale, et prendre ensuite une fusée pour Mars…
« Loin de Quaz et de ses manigances », pensa Dina.
– J'y vais, dit Norstrand.
– Reste ici, protesta Dina. Tu es trop faible !
– Non. Cette fois, c'est à moi de jouer !
Il descendit de l'appareil et, rassemblant ses dernières forces, marcha avec détermination vers l'accueil.
Dina le suivait à quelques mètres de distance, prête à intervenir.
– Lieutenant Elinborg, des forces spéciales. Je dois réquisitionner une navette. J'amène cette prisonnière à Riga, ajouta-t-il en montrant Dina.
Celle-ci prit un air malheureux, et baissa la tête.

– Avez-vous votre ordre de mission ? s'enquit l'employé.
– Vous plaisantez, j'espère ? aboya Norstrand. Je suis en mission pour le gouverneur Farr !
L'employé était un civil. La colère de l'officier l'impressionna. Si l'ordre venait du gouverneur, ce n'était pas à lui de discuter !
– Pas de problème, lieutenant. La navette est à vous.

Le jeune homme se mit aux commandes, et ils décollèrent aussitôt. Dina éclata de rire et lui sauta au cou :
– Qu'est-ce que je vous aime, lieutenant Elinborg !
– Il nous reste à trouver une station orbitale avec un spatioport.
– Non. Quaz doit s'attendre à ça. J'ai bien réfléchi. Au lieu de prendre une fusée pour Mars, on va filer directement vers la Lune !
– Quoi ? C'est de la folie !
– Le temps qu'ils réagissent, nous serons loin.
– Mais cette navette n'a pas l'autonomie suffisante !
– Nous couperons le moteur, répondit-elle, confiante. Si notre trajectoire est bonne, pas de soucis : on ira droit jusqu'à la Lune !
Et c'est ce qu'ils firent. Ils sortirent de l'atmosphère, dépassant les stations orbitales. Ils s'éloignaient rapi-

dement de la Terre et se dirigèrent vers la Lune. Dina coupa les gaz, et leur vaisseau continua sur sa lancée.
– Ça marche ! s'écria Norstrand. On conserve la même vitesse ! Dina, tu es géniale !
– C'est vrai, dit-elle en riant.
Ils s'embrassèrent. Avec Norstrand à ses côtés, Dina avait le sentiment de pouvoir tout tenter. Mais, comme elle regardait par le hublot la planète bleue s'éloigner derrière eux, elle vit apparaître un point noir qui grossissait rapidement.
– Norstrand ! Un vaisseau nous a pris en chasse ! Il est beaucoup plus rapide que nous.
Le jeune homme agrandit l'image sur son écran.
– C'est un intercepteur de l'Alliance !
– Et je sais déjà qui est aux commandes, dit la jeune fille. Quaz…
– Il faut arriver avant lui sur la Lune !
– Et trouver un moyen de disparaître, ajouta Dina. Parce qu'il ne nous laissera pas filer comme ça…
Dina se souvint des révélations de Leynd à propos des mouvements des rebelles. Maintenant que Quaz était à leurs trousses, seuls les rebelles pourraient les aider.

Chapitre 19

Norstrand ne dissimulait pas son inquiétude :

– L'intercepteur arrive sur nous. Il est armé, et nous ne le sommes pas...

– Pleins gaz ! décida Dina.

La navette subit une poussée brutale, distançant rapidement les poursuivants. Mais aucun de ses occupants ne manifesta sa joie. La manœuvre avait brûlé trop de carburant.

– On va avoir un problème au moment du freinage, dit Norstrand.

– On avisera.

Le calme de la jeune fille porta soudain sur les nerfs de Norstrand :

– C'est ça, ton plan de secours ? Je suis curieux de savoir...

– C'est difficile à expliquer, mais j'ai déjà évité un crash sur Mars. J'ai une... une sorte de pouvoir.

– Ah oui ? railla Norstrand. Un pouvoir magique, c'est ça ?
– Oui… Non ; enfin, je ne sais pas. C'est peut-être de la télékinésie. Je sens cette force grandir en moi et je sais de mieux en mieux l'utiliser.
– Eh bien, je suis verni ! Une magicienne ! C'est sans doute pour ça que je suis tombé amoureux de toi dès le premier jour, à Armstrong : tu m'avais jeté un sort !
Norstrand se pencha et l'embrassa. Sa brève colère était retombée. En vérité, cette fille l'envoûtait.
– Sérieusement, Dina, comment tu expliques tes étranges facultés ?
– Je ne les explique pas… Leynd m'a juste assuré que j'approchais du but.
– Quel but ?
– J'ai une mission à accomplir, liée aux pirates et à cette nouvelle race de non-humains.
Soudain, la navette subit un choc violent.
– Bon sang ! L'intercepteur nous rattrape !
Dina se mit aussitôt à zigzaguer. La surface grise de la Lune, grêlée de cratères légèrement plus sombres, se rapprochait à toute vitesse.
– On ne pourra pas se poser ! protesta Norstrand. Les rétrofusées vont manquer de carburant !

– Qui parle de se poser ? Il faut d'abord semer notre petit copain.
Dina fit plonger la navette vers la surface. Les dunes et les cratères grossirent rapidement. Hormis les plus grosses dunes, tout le sol était couvert de gigantesques structures métalliques : les unités de production industrielle de la Lune.
L'intercepteur continuait à tirer. Les boucliers de protection de la navette encaissaient les impacts ; à ce rythme, ils n'allaient pas résister longtemps ! Dina plongea au cœur des immenses constructions cubiques.
– Qu'est-ce que tu fais ? cria Norstrand, cramponné à son fauteuil.
La navette n'était pas d'une grande maniabilité, et Dina exigeait d'elle de véritables acrobaties. Ils frôlaient des murailles, se faufilaient entre des câbles, fonçaient sous des passerelles à une vitesse incroyable. Dina était, comme à son habitude, d'une tranquillité impressionnante. Jusqu'à ce qu'elle jette un coup d'œil sur l'écran radar.
– C'est pas vrai, il nous suit toujours ! s'exclama-t-elle, exaspérée.
Dina descendit à la verticale et bascula au-dessus des bâtiments. Elle exécuta un rapide demi-tour et croisa l'intercepteur. Le pilote, bien que surpris par la

manœuvre, lâcha un coup de laser. Le faisceau meurtrier toucha l'arrière de la navette, pulvérisant sa dérive directionnelle.

– Les commandes ne répondent plus ! cria Dina.

Le vaisseau, devenu incontrôlable, partit droit vers l'espace, s'éloignant inexorablement de la Lune !

Norstrand se tourna vers la jeune fille. Sa voix qui tremblait un peu trahissait une panique difficilement contenue :

– Qu'est-ce qu'on fait ?

– On s'éjecte !

Ils passèrent aussitôt leurs casques.

À cet instant, la navette encaissa une nouvelle bordée de laser. L'intercepteur avait viré et il revenait à l'attaque. Dina pressa un bouton, et le cockpit s'arracha dans un grand bruit de métal déchiré.

– On ne se lâche pas, dit Norstrand en saisissant la main de la jeune fille.

La secousse fut brutale. Les deux jeunes gens furent éjectés, tandis que le vaisseau partait droit vers les étoiles. Ils planaient maintenant au-dessus de l'immense zone industrielle.

– On a réussi ! s'écria Norstrand.

Dina jeta un coup d'œil en haut. La navette disparaissait au loin. L'intercepteur était invisible.

– On dirait que notre chasseur n'a pas remarqué notre sortie…
Un éclair aveugla Dina. Leur vaisseau venait d'exploser.
– On s'est éjectés à temps, remarqua Norstrand.
Le souffle de l'explosion les heurta de plein fouet, les précipitant vers le sol. Dina ne lâchait pas la main de Norstrand.
– Tiens bon ! l'encouragea le jeune homme. Ce n'est pas le moment de…
Sa voix se perdit dans un cri de douleur. Dina sentit la main de son ami s'arracher à son étreinte. Un débris de la navette venait de le heurter de plein fouet, l'envoyant tournoyer dans l'espace infini.
– NON ! hurla Dina.
Impuissante, elle vit Norstrand s'éloigner d'elle à jamais.

À SUIVRE…

Vous trouverez la suite
de cette aventure dans
Le gouffre d'Aurora
qui paraîtra prochainement.

LES MONDES IMAGINAIRES

Pour voyager au-delà du soleil et découvrir des mondes étranges, peuplés de dragons, de magiciens et de trolls

FANTASY

La reine des Amazones
Pierre Grimbert

La malédiction du coquillage
Pierre Grimbert

Le baiser de la Subure
Pierre Grimbert

Le pouvoir du Chantelune
Chantelune 1
Frédéric Faragorn

FANTASTIQUE

La grande menace
Le peuple Rat 1
Anne-Laure Bondoux

SCIENCE-FICTION

Les pirates de Neptune / Dina 1
Philippe Andrieu

Le messager de Callisto
Dina 2
Philippe Andrieu

La prisonnière de Lhassa
Dina 3
Philippe Andrieu

Les glaces d'Antéria
Mission Antéria 1
Marie-Hélène Delval

Le soleil des Orthanques
Mission Antéria 2
Marie-Hélène Delval

Les orages d'Erna-Thor
Mission Antéria 3
Marie-Hélène Delval

Imprimé en R.F.A par Clausen & Bosse
Dépôt légal: octobre 2001
N° d'Editeur: 6975